秀實詩集

步出夏門行

初文出版社

2021

目錄

嘉義三十三首

高雄十二首

［後記］

嘉義三十三首

嘉義市文化路上地標。

嘉義之詩

01 [忠孝路上的天空]

汽車帶我回旅館時穿過忠孝路
中央的綠化帶如一個小叢林淹沒了
黃昏漸黯的天色。我在樹木的隙縫間
看到南部墨藍的天空
比湖水的靜止和海峽的暗流好看

它無言的覆蓋在這個城市上
詩人們都說，嘉義是小鎮
小鎮與六月墨藍的天空更接近詩或詩意
我因此擱筆，並推開旅館的窗
就這樣看著天空，想你至燈火通明

02 [平交道]

交叉的是時間而非空間，當我穿越這個
平交道口時。登山的火車已停駛
恍惚仍有清脆的叮叮聲響起，垂下的

嘉義市忠孝路上夜色迷人。

是那個熟悉的欄柵與那段飄泊的日子

忘了是陽光還是雨，它灑在
羸弱的身上，我緩緩地穿過那平衡的
鐵道，僅僅十步左右的距離
我與火車一樣，走過了漫長的季節

03 [喝茶時忽然窗外下起大雨來]

當我想及森林中的雨水時
那些雨水就在窗前落下

那時我在一間木屋內喝茶
那是日治時代伐木工人的宿舍

窗外是一個小草坪
雨水讓那些綠地更為發亮

這樣的時光是美好的，因為
一盞茶讓我感受到一個森林的氣息

04 [南院遊]

這個早上我游覽南院
那是一座現代化的美學建築
但卻收藏著相當古老的
東西，或可稱為文物，或貢品
即那是一個有帝王的時代

想及的是財富，和相同於一綫的
時間。立在這點，回望那點
更確切的說，是歷史，它讓所有的存在
都變改了命的輕重，彷彿
被關著的，仍擁有溫度與色彩

05 [雨落在嘉南平原]

停留在嘉義的最後兩天，雨一直下著
我喜歡嘉義的雨，它與臺北城不同
它安靜，雨滴大時也不會那麼沉重
我孵在旅館房間裡，看著窗外樓宇間
局部的雨，卻想到整個廣闊的嘉南平原來

讓自己在躲一場雨水時，慢慢發芽

我感到根鬚接觸到泥土的溫熱
整個平原有茂密的樹林，豐盛的鳥鳴聲
旅館此時與我一樣傷懷。與我一樣沐浴在
大雨中。而天明後，我將在雨中離開
這個平原。回頭時，整個平原仍是那麼
安靜，沉默像無言的挽留

（2018.6.25 凌晨 1:45，臺北城福華文教會館 918 房。）

新榮路

車子經過新榮路，那不像之前所有的雨天
雨水是溫柔的，這城和我一樣懷有相同的心事
沉默中顯出了時間與存在的慌張
彷彿開車的也是似水柔情的女子
此時她想到某些流逝了卻依舊攀爬著的悲傷
並會在穿越斑馬綫時緩緩滑行
讓我把這景物存留下來。一座雨中的城
我們珍惜著，而相思與牽掛卻仍在拼湊中
葉子轉紅時，北門總有一列小火車鳴笛離開
這溫柔便即昨天阿里山的雲海茫茫
沐浴在雨水裡的路牌如一株無枝葉的樹
那寬廣的馬路上路人復行復止
一切都存在著又變改著卻與我無關
新是枝條此刻正在燃燒，榮即
雨中不知名的花仍在歲月中
等待果陀。十字路口築構成一個座標
在荒蕪了的情懷裡豎立起一個名字
標注著命或非命的荒誕不經
雨水仍下著，它賦予這個陌生的平原
熟稔的色彩。我知道折角的小巷深處

有一家小餐館，讓人可以想像出一些事故來
一場爭吵後在那個義昌小公園內相互
擁抱。這座城適宜平靜地在夜間談戀愛
或飼養老去的花貓。這樣地穿過新榮路
對未來的身份有了疑惑，我將一直蹲坐這裡
並成了這個多雨的嘉義城的記憶

（2018.8.27 凌晨 1:30，香港婕樓。）

車行於垂楊路，南北向的是新榮路。

小城嘉義

嘉義的光陰緩慢而且溫柔
這個小城往日沒有我的故事而今後
或會流傳著有關我的佚聞

小城有詩也總是輕輕的如分別時的擁抱
藍天極為澄明而雨天時分，會讓人
懷念一個女子的今生或她的體溫來

她會回家，卻已安排好我的晚餐
我一個人在窗前看這個小城的
燈火，燃亮復又熄滅，而她卻默然

於眼眸裡，小城是如此安寧
不經意而來的往往最真，如離去時
總是不經意的下著雨，若她也在

這傘下便即這小城的全部
她緊緊的抱著我臂彎便即小城
緊緊的把我圍困，如淹水般沉溺成愛

（2018.9.11 凌晨 2:45，臺北城公館修齊會館 536 房。）

肖楠木

沿著木梯走進一個肖楠木的樹林裡
那些相似的樹幹讓我懷疑一直堅持著的
認知。然而肖楠木與楠木都同樣成材
指涉俗流的憂慮乃一掃而空

我抱著它的身軀，讓它緊貼著
此時大自然的溫度舒適如同我的體溫
往復地撫摸著，它的鱗峋如披上
秋裝般。我遂把手伸進那滑溜溜的

肉體，那成熟的年輪如漩渦起伏
我疑惑挺直的樹幹也有動人的曲綫
奇妙啊，我聽到它的喘息是那樣輕
彷彿天籟源自根鬚乃有了與萬化冥合的慾望

（2018.10.5 凌晨 1:15，嘉義市旅館。）

嘉義竹崎鄉奮起湖的肖楠木林。

奮起湖上的臺灣肖楠。

隱密之景

未來是一個隱密之景，我逐漸地
發現。先摒棄平庸不忠的朋友並拒絕
那些蒼白無聊的聚會，讓這世間
就一人在窗下讀書與寫作。思想無疆域
而它常抵達往日之痛。這痛予我靈魂
如果實般，在利齒撕裂吞噬後
重生於泥土之中。是故我愛群山且
未來也必埋葬於這重林疊嶂之間

閱讀班雅明與卡爾維奇，泡阿薩姆茶
築構隱密之景。那時我在一個小城
一間旅館有漫畫情懷的大堂與無邊際的
泳池。只談偽詩與偽抒情不讓行踪暴露
歲月如洪水般汹湧過後復歸平靜
並逐漸現出岸芷汀蘭郁郁青青的海
餓了想及達芬奇的最後的晚餐
遂想起一個門徒與我走到最終點

（2018.10.3 凌晨 2 時，香港婕樓。）

嘉義城忠孝路景色。

遊湖

走在寒露前的湖上，愛是屬於季節的
像穀物般收藏在倉庫中。你的倉庫
是一座小小的城，早上禱告
晚間祈福，因為所有的真實
縱然柔軟都帶有罪與刺

這個湖的水已乾涸為一個凹地
或本來就沒有讓月亮倒映的清澈
而我，喜歡這裡如同喜歡
群山圍困著的一場雨水
無人知曉，一次便有若永生的
門是窄的，你進去但也回頭領著我

（2018.10.10 零時 10 分，臺北城公館修齊會館 540 房。）

野草紛飛之際

野草紛飛之際，我來到嘉南平原。一群群
棗紅色的牛與墨藍色的羊在八掌溪畔
啃食著久不褪色的秋季欒樹

已然沉溺在一種慾念當中，也想飲宴
如被放逐的諫官在走進蒹葭林畔時回頭看到
一個等待已久的背影在酒幡下

（2018.10.23 霜降，夜 11:45 香港婕樓。）

高雄北上嘉義

此時，高雄在明亮的落地玻璃窗外沸沸揚揚
四邊的城樓上懸掛著不一樣的旗幟
我為過客，正穿越十一月烽火的邊緣
走進驛站前我再次回眸
那些欒樹仍堅持擁有不同的色彩

南方的戰事與我無關，我携帶了
春雨的孳息與秋風的積儲來到嘉義
所謂美好的時光都是在言語之外
小城裡那許多的曲巷讓我迷途走不出去
所有的話語都溫柔車窗外又下著雨

（2018.10.31 下午 4:55 高鐵列車，高雄往嘉義 7E 座。）

霧嘉義

陽臺外的小城瀰漫著夜霧，山脈已隱沒
滅了遠方的燈，留下近街疏落幾盞
困在旅館書寫，喧鬧的世界變得
安寧。此時，嘉義如一座聖城
在這個渾濁世界之外

書寫是一種言說詮釋了城與山脈
也詮釋了生命中某些無奈與某些茫然
窗外所有都依舊，但我變改了
通過撫摸我接近了神祇
也接近了傳聞中的火與雪

（2018.11.2 凌晨 1:20，嘉義市旅館。）

漁港

布袋港屬於收穫的漁船與覓食的白鷺鷥
而現在也屬於我。我無法一網打盡
並非饑不擇食。在輕輕的海浪聲中
尋找到離開城市的偷渡路綫

這兒也有殺戮與捆綁，卻容易有遠方
有利刺與硬殼的保護卻也挑撥著食慾
肉身有程度不同的柔軟。這柔軟
把我吞噬，讓我釋放了所有的沉重

（2018.11.2 零時 45 分，嘉義市旅館。）

陽臺看山

面對那南北走向的山脈起伏，不能不用
龍脉這般慣常的詞語來表達其壯觀
而龍脉並非此刻最佳形容語，我說，關山
那真是一脈橫亙在前的難越關山

在失路之時想及前路，此時是旅館這般
過客的光陰。設若有一女子可相伴看山
便想到這個山下的小城。可以遠離渾濁
而她便則此生所有的人間煙火

（2018.11.3 午後 1:30，高鐵嘉義往臺北第 6 卡 13E 座。）

阿里山群峰，山腳下寧靜的嘉義城。

祕密基地

秘密是我們飼養的一頭來自遠古時代的
蜥蜴。牠擁有四季的全部顏色，桃紅柳綠楓黃雪白
牠自足，只棲息於一條枝椏之上
我喜歡牠那種看事物的態度，左目情深而
右目常有一片落葉飄過

蜷曲的舌屬本能，牠的吻必然包含
吞噬之愛。舌長而安靜是美德
且讓腹部常有飽暖的沉重
讓肌膚角質化也是美德，可以
保護著叢林之愛在一場大雨中

葉蔥郁而花芬芳可棲之枝即為生存之基地
節與節間的屈曲為一種動人的
姿勢，能互補或能誘惑
這是最文明的話語然後讓我可以安然
入夢。牠會緩緩移動，但離不開枝椏

（2018.12.1 零時 25 分，中山市南塱鎮維也納酒店 918 房。）

二零一八年十二月二十日下午四時的諸羅城

早上與她相擁而眠至午間始醒來，她是美的
如一尊裸體的雕像。而夢裡她會發聲呀呀嗯嗯
一個主動的城市如等候我的來臨棲居

午餐後我躺在床上少寐，她也躺在我身旁
如對我耳語情人的話。她說，你最好
猶勝於你的詩篇。經書記載
妳只是我的一根筋骨，而妳不知道
新榮路只是諸羅城的一條街道

午後四點妳退居於陽臺窗外，成一座城
嘉美而有情義。我在一個距離看妳
自遠而觀之，夜漸臨霓虹燈漸繁

才四時一輪明月已掛在天際，這相遇
相信是軌跡的緣故。我接觸到北迴歸綫
認定了地理，如一個桃子墜落於
妳平坦的腹地上。那是誘惑卻也是
信仰。前方叠脈便即巍巍的阿里山

我眺望著，陽光把整個城塗抹上一層
光影。我的背後是西面，是大陸無垠
而我竟渴望進入妳 2018.12.20 後的歷史

（2018.12.21 凌晨 2 時，嘉義市旅館。）

遠眺阿里山群峰。

梅山歸來

梅山已隱沒在身後，我們重臨這個古老的城
梅山已遠，可梅山的雲霧卻追隨而至
從今而後我們的心裡都會擁有這座梅山
並記得千仞之上，那吊懸著的橋

太平老街極為沉默地渡過它的山中歲月
那裡的房子與攤販都是不變的風景
那裡的草本傳說都庇祐著真誠的慾念
如珊瑚草般蘊含千潯之下的礦物元素

那說明了一切都有了最好的安排而我們並能察覺
我們的身體因此愈來愈好，思想愈來愈安靜
射日塔下，山外的小城依樣如桃
有山的起伏，岸的彎曲，有雨與霧的腹地

（2018.12.30 零時 20 分香港婕樓。）

說文解字：嘉義篇

01 [太平老街]

太陽將從西邊的梅山落下
平靜的午間我們走過
老樹下一條黑狗躺臥著夜風中
街道的拐角處出現晨曦

02 [奮起湖]

以奮起命名湖光山色乃極為險要的書寫
而所謂湖，在豐腴的季節中沒見到秋水
並不乾涸的湖底裡倒映著一個古老的鄉鎮
秋雨若降下，我仍會剪燭於西窗
對妳說，阿里山夜雨漲滿了奮起湖

03 [布袋港]

毋庸論證左足還是右足的步履

擱在這海岸總有一半的痕跡隨風而逝
我拿著一個布袋，收納航行的訊息
眷戀人間的美人魚不回歸大海

04 [北門火車站]

朝北的城門打開一列準點的列車要啟程
月臺是一個空間讓人念想起所有的
分袂與守候。而那時妳在我肩膊上
說，好想歸入山中做夢去

05 [新榮路]

新是一叢於盛夏砍伐下來的枝條仍有郁郁青青的葉子
榮是木之花不管如何穿戴都芬芳動人
路的彎曲處已然過去，簷下有空著的椅子在聽風

06 [檜意森活村]

檜意與森活這兩個詞，斧鑿痕跡太明顯
未及當日工匠搭建的木房子
仍充滿著森林的氣息
我在這裡喝從山上採回來的茶
妳的話語和那仔細的鳥鳴
如枝椏上的新巢般安靜

説文解字：阿里山

01 [櫻花]

只是一個季節的花名卻有繁複矛盾的意蘊
先是想到扶桑國，想到那刀刃的寒光
再想到花間集，想到美人——從花叢下穿過的
藏身於文字叢中的，而後者永恆而至美
然後拋卻塵世，想到了物哀與寂滅
三月我登阿里山賞櫻，落寞滿懷

02 [神木]

那一截棄置了的鐵道讓我看到山間寂靜之頃刻
如有一頭豹子藏於茂密的檜木林中
等待伏擊前之分秒。歷史長河卻在這裡乾涸
如同置身仙域，仰望一株巨木直抵天國

阿里山櫻花季。

03 [塔山]

在這山望塔山，塔山如屏障巍然不動
我們沿鐵道而行，鐵道上的火車也停歇了
所有都依舊，包括阿里山最古老的櫻花也依然傲雪
我抱恙而來，喜歡妳的別來無恙

04 [賓館]

我們不能在阿里山賓館休歇，匆匆如花期
這是個浪漫的季節，直至櫻花落盡
櫻花長到房間的窗外我常疑惑
旅人的夢中都落花遍地

05 [咖啡廳]

古老的時光與咖啡味都停駐在這裡
那些桌和椅子，那些窗櫺與庭園
那些貼上某某總督名字的房間
一場春雨來了

一切便回到傳說中去
今夜，我在旅館陽臺看阿里山
即如夢似幻的此生

（2019.4.11 夜 11 時，香港婕樓。）

嘉義城三首

01[射日塔與雲豹]

嘉南地區充滿陽光，這次我來時
灰茫茫的天空中沒有太陽
穿過植物園的初春走到射日塔

射日塔的存在是一種態度。十二樓層高的
一截，斜削切口的神木，整個天空都是
它的葉子，都在變幻與生長

防空洞是對天空的另一種態度
它平伏在大地並讓雜花野草攀爬
更讓我有愛。愛有許多敵人

愛是潛伏著不見陽光，但擁有露之濕潤與
咿呀之蟲鳴。愛是一對罕有的雲豹
一頭鎮日仰天一頭卻下林覓食

02 [蘭潭水庫與燕子]

蘭潭在宋詞與嘉義城裡，紅毛埤在箋注裡
坐在壩上向著一幅工筆山水文人畫
想著畫上最好有一雙燕子飛來
而不久，仍舊如此風光明媚中
一群春燕飛來了。花盛開

雨未來，燕子卻成群而至
微雨燕雙飛不在現實，現實是虛幻的
蘭潭波平如鏡，讓天空更接近我們
那些燕子不會離去，牠們一直耽在畫圖裡
而我牽著妳走出畫中感到輕風暢快

我終於明瞭詩與畫的區別。妳離開所有的畫圖
走進我私密的文字迷宮。那裡是一個王國
典章制度都完備。不會流放不被罷黜
蘭潭美，初夏與燕子美，已記載在我的
諸羅城詩章裡。妳棄畫也寫起典章制度的詩篇

03 [蛙與螢火蟲]

那隻稀罕的蛙爬到我們的手上，牠的冷血
終於感受到 36.5 度的體溫。妳掌上的蛙
若安靜地蹲在妳的懷抱中。也黏貼在我的臂膊上
牠分不清兩種不同的愛：保護與攻擊

我們的溫度相同，誤差在 0.5 攝氏之間
我能分辨出妳的體溫與我不同
更多包含了彷徨與憂心。而我是愚昧的如
這隻蛙，只知道伏著的愛，簡單的鳴叫

今夜讓所有的螢火留在黑夜的草叢中
而所有的螢火蟲都成了標本置於玻璃箱子內
現在聲音與光亮都沒有了，我們的體溫
逐漸模糊，如燃燒後的灰燼般寧靜

（2019.5.5 零時 15 分，臺北市公館區修齊會館 532 房。）

畫中人

渾濁的世間裡有一個女子，她安靜如畫中人
我所有的詩篇都不足以頌讚她的美好
遠離幽蘭與天鵝等這些詞彙的濫竽充數
她活在所有的形容詞之外

她擁有一個祕密基地，那裡有永恆的季節
不為人知的花會在她身旁綻放
空氣清新如深谷泉水，泉水清澈如
葉子篩漏而灑下的冬陽

我為一個女子安靜地生活
不作逢迎不去攀附也不與人相爭
她是最好的，連睡眠時也都無可非議
因為她的呼息讓我感到我也在呼息

（2018.12.5 凌晨 1 時，香港婕樓。）

仁義潭水壩

01 [仁]

仁起源於此。愛這個地方，愛山外那個小小的城
牽著妳的手即牽著整個漲滿的潭水
蓄水是重要的，尤其是對這乾涸的未來
飄潑大雨讓水位不斷上漲，雲間與石塊上的鳥
跳躍與拍翅的動作也都勃發著喜樂之情
潭水安靜無比，陰陽的水面下沉澱著許多話語
或者匿藏著一頭不會言語的水怪。水怪是存在的
從古舊的倫理到時髦的個人主義，雖則無人能
描繪牠的容貌。牠仍存在於一個自然的法則之中
潭水把整個天空與四周的山脈都吸納
當天色昏黯時，仍舊保留著南部的蔚藍與青蔥
紛紛攘攘中，仁則如此，善儲蓄，好靜默，納天與地
於妳，我的仁並擁有沉溺的特質，他日頹敗時
我仍愛那些微小的故事，如此刻壩上微小的風光

02 [義]

水壩那邊盡頭應該有一座水塔與監測站
一把水泥豎尺，紅漆油的數字警示著
連綿的大雨使水位上揚臨近警戒線。若潭水越過
妳憂心溺水時，我會叫雨水戛然停下，而雨水
是不會歇止，但我確實認真的呼喊了
那是對一個人的道義，較之金錢上的承擔更為重要
山外盡是世道，盡是熙熙攘攘的面孔
彼等爭利恐後，萬丈紅塵已全然有異於往昔
水壩兩側是斜坡，朝山那邊已長成了一幅綠草坪
臨水那邊堆滿犄角的石塊，擁擠卻因滿懷道義而相聚
我說，道義是有崚角的，如凹如丫，如鏃如矛
而又能相互配搭。我想到黑暗倒下來的夜晚
曾經有過搏擊，但沒有傷痕，有夢的溫暖
沒有現實的冷漠與暗設的網罟。義常好施，不排斥遊與食

03 [潭]

我終於能看到潭的全貌。潭言不及義，安於自然
參與了造化，經歷數十春秋已成為自然的局部

這是重要的認知，在郊遊與愛之外
抵達這裡時，眼前美景讓我忘卻了倫理與科學
而陶醉於雨中的山水間。世界逐漸縮小為
一個潭，傘外的仁義潭便是全部而模糊了所有
破碎的局部。潭的意義在此，而非文獻記載
也非千頃的潭供水給山後一座城，那是勒石的頌讚
無相干於遊樂，也無關乎城中狂歡的芸芸眾生
水面不同的波紋昭示潭水的流動與
吹皺一潭水的薰風，水中不同品類的魚群狀況
佇立著或橫過潭面的白鷺鷥知道，牠們卻昧於
被淹蓋了的山腰和山腳，被淹蓋了的真實

04 [水壩]

已沒有甚麼好說的了，只是一條簡單的直線
如果發覺道在，那是大道如矢並超越了俗世的道德
原本的峽谷已讓人忘卻，成了不能言說的歷史
而你們終於明瞭我書寫水怪的意思。那非怪力亂神
自然極簡，只要蓄水為潭則成壩上風光
星宿日月按時東升，按時西落，我們走過這簡單的水壩
不按時接吻也不按時停留。風光如畫，描繪一個詩人

此刻並無必要，或許他已隱身於風光與文字之中
我注意到那水中洲渚，是唯一的翠綠。它像極最簡約的
竹籃子，而滿載四時佳果。筆直的軌跡昭示了一個
座標的一半，餘下一半要詩人來尋覓。這則我擁抱妳
的原因。那時我正立在水壩的中間點，天地在魚眼中
陳展著。魚眼從不閉上，風光從未消失未褪去

　　　　（2019.6.19. 凌晨 1:45，臺北城公館區修齊會館 530 房。）

嘉義番路鄉仁義潭水庫。

在中埔遇見一隻梅花鹿

我遇見一隻梅花鹿，愛人般的梅花鹿
靜坐樹下。雨中偶爾有幾片小榕葉落在牠身上
牠的目光恆常安定，偶爾掃瞄著
那四點五公尺高的木欄柵。撐著雨傘的我
在圍欄外走過時，牠仍是那樣的不慌張

我讀懂了牠的眼神，並進入了牠的思想
羑島上的梅花鹿可以漫山的追逐
按時的飼料不及那遍野的苹草，有豹狼的偷襲
卻也有簡單的互助與不為繁衍而進行的愛
牠隱在這偏遠的小城山崗之上而我漫遊時曾路過

夢裡，我領牠走出圍欄，讓牠尋回歡樂的本性
在一泓清水中端詳自己的倒影
漸漸顯露出原有的高貴。我撫摸著牠的
頜與肩胛時，牠會依偎過來，那呦呦的鳴聲
風息雨歇般，終至寂滅無光而我們仍相擁著

（2019.6.15 早上 10 時，嘉義市旅館。）

飛機經過嘉義外海

又一個午後我坐飛機越過海峽歸去
幾日的暴雨過後天空清淨無陰，了無牽掛的
白雲有極為精巧的形狀。天空那樣安好
而人間總是紛紛擾擾

看到下面幾個略大的島嶼，那是澎湖
我知道遠方海岸綫即嘉義城
一個小城是那樣的美好，並有一座
沉睡的公園和一條八掌溪絮絮叨叨

那裡縱橫的街道塗抹了我歡娛的色彩
有平交道悅耳的叮噹聲，有長榮老街咖啡館
午後的豆香，蘭潭水庫春日的倒影
伐木工人宿舍的炎夏簷滴與初秋落葉

旅館陽臺面對著多層次的阿里山
晴明是妳的嫵媚，陰雨是妳動人的溫婉
安靜的南苑與繁鬧的文化路有不一樣的燈火
永恆的一個嘉義城，去了的候鳥為愛總回來

（2019.6.19 午後 4 時，臺北往香港 CI915 航班 64A 座。）

秋分前

萬物都在檻外靜悄悄的等待著秋分的旅人
它在山上把渾圓的秋月用葉落漸稠的枝丫慢慢削薄
午後我坐在陽臺看山，秋色漸濃了
一半是因為睡眠過多，一半是因為相吻不夠

我拼命吻著我的愛人，我說快秋分了
身軀開始感到有潛伏著的涼意，像一場病要在秋雨來臨時發生
仍在看山，並看到山脈的起伏如潮汐般
然後它靜止，像總有不可思議的事埋藏著

那裡有屬於我的一片森林，我曾迷失在那裡
但我也與相遇的人相遇在那裡，而現在
我知道鰲鼓濕地來了很多候鳥，牠們也相信
愛，和這個秋分。明天我將與我的愛人到這裡把臂同遊

然後她離開了，說明早九時半再來找我
陽臺外的萬物漸昏黯，燈火點亮了夜空的遼闊
我感到肉體正在腐朽為一場流感，但我相信秋分之前
會有螢火蟲自我的體內誕生，並有永不熄滅的光

（2019.9.19. 零時五分，嘉義市旅館。）

秋月當空，新生路亮起燈火。

臺灣芒果口占

取名為愛文或夏雪，無論烏香其字，凱特其號
或為農民黨，或為宮中之貴妃
北至嘉義南至墾丁
這個版圖裡有我的所愛

盛之以紙袋，或整齊排列如一方陣的衛兵
古以聖喻驛馬加鞭，今有愛函快遞空降
日啖芒果三大顆
不辭長作嘉南人

　　　　　　　　　　　（2016.9.19 晨九時，嘉義市旅館。）

鰲鼓濕地

來到鰲鼓濕地，有一種灰色的蒼茫的感覺
海峽的風把一切的顏色都吹淡把一切思念都吹斷
而，當一頭灰鷺倉惶落在河堤上
彷彿我也同樣的，讓生命中的灰色沉澱為泥灘

我是這裡的其中一塊濕地，漲潮時被水淹退潮時曝曬於
秋陽中。我喜歡秋茄樹，它們會用醮滿鹹淡水的水筆
在我身上書寫。讓妳讀著發呆為一隻覓愛的燕鷗
餵妳以彈塗魚與招潮蟹，當妳餓時

妳能分辨這塊濕地與其他的不同，我的編號是 190919
這是一個密碼讓妳知道季節的變改與風的方向
築夢如築巢的空間隔絕為世外，豐裕而不被污染
鰲鼓濕地在大海旁酣睡，我們在鰲鼓濕地酣睡

（2019.9.20 凌晨 1:25，嘉義市旅館。）

歲時記

二十四節令是古代的無關於一個城市詩人的起居與愛情
寒露的清晨窗外飄進細細的雨滴我在一個無痕的夢裡醒來

兩週後是霜降日，與一個亞熱帶殖民地過的城市也
無關。但此時的社會氣氛卻猶凜烈於霜雪之寒

創世紀詩刊是一個避難所收容了我的思想和感情
獨處的晚上我總是在書寫，把逐步而來的蒼顏紀錄在案

也紀錄我的軟弱與敗亡，懺悔錄般的文字才是最真實的
沒有言過飾非，如一頭受傷的獸伏在草原上喘息

待到深宵時，我才捻熄這個城市最後的一盞燈
如一朵曇花靜靜跌落在天堦夜色中

永遠錯過了破曉時分的街道與列車月臺
有一個女子盈盈走過，她手上拿著一本尚未出版的歲時記

明年春天，城市所有的花都會燦爛地開，新榮路上車水馬龍
落寞的一個房子關鎖著晝與夜，家具相互沉默

只聞滴答之聲，所謂時間的全部，它的本質是等待
我是一所存放光陰的銀行，正在開設嘉義分行

只為一個客戶服務，儲蓄的時光會收獲最高的年息
永不倒閉的，日後發黃了的史冊仍會看到，才叫永恆

（2019.10.4 晨 11 時 15 分，香港婕樓。）

昭和 18

昭和 18 即西元 1943 年歲次癸未
時間就這樣站立在這裡。植物園的古樹更蒼老
棒球場的喧鬧與寂靜更替已幾番
曾經春霧夏雨秋風冬陽的詩歌仍記得

詩人們與我，一同抵達這個時間點
看日影不看那精靈的數字。那些曾經的詩稿與
那些當下的寫作，已然是隱蔽了的河水潺潺而過
而我悲傷那片秋日芒草，愈搖愈白

木架上的白瓷杯，縷刻著不朽的兩行詩
泡阿里山的清香，吟誦竹帘子前桃城的詩句
文字裡掛著的是二十一世紀的笑靨
歲月岌岌可危，戲言的烽火在一場雨中成了灰燼

（2019.10.17 凌晨 1:45，嘉義市旅館。）

嘉義的風

所有的都在流動，包括翅膀與有根鬚的
海岸線與色彩也在流動，橋與石卵路也是
我的肉身與頭髮迅間在變化以致我的說話總是落後於
遷徙，落後於一個搭建中或挖掘已久的巢穴
整個大地在飄浮，午時的日光也在飄浮著
當我說，愛這裡的一切時，我是那麼地絕望
所有都將在風裡消失這時遂想起了
東石港，也想起了布袋港的風中往事

如進入一個中篇小說般陷入意外的情節
不必高潮只等待一個歡快的終局。嘉義的風
或自海峽而來或從阿里山而下，海岸線與林間的鐵道
曲折的線條都依循著漸趨安靜的日影傾斜
為了拒絕騷擾，我閉上所有的窗戶，在禁錮的
城中書寫自我。堅持不浪漫與寡慾主義
所有在風中飛揚的，衣袂與髮梢，或安靜已久的
整片綠色，都模糊為一個春天

（2019.11.15 凌晨 1 時，中山南朗維也納酒店 708 房。）

秋之板陶窯

被泥土包圍，我們之間生長著這個秋天的芒草
屋頂上的貓應該也是陶瓷做的沐浴在秋陽中
在一個房間內捏做屬於我們的書寫。詩或者愛
都必得於熊熊烈餤中煆燒，然後冷卻為生活

外間是喧鬧的，一切瀰漫著不安份
這裡的鐵道停開，月臺歇息著流浪狗，雲也安靜
午後的秋風也安靜，那些擁擠的植物們無聲地
說一個溫暖的冬日快將來臨了

所有的美好均是短暫的，惟詩與泥土屬永恆
此時我需要水的滋養。向妳索取柔軟的吻
把板陶窯的火帶回去等待一個器物的成形
它不會熄滅，那溫度恰如一隻綿羊走過我的夢

（2019.11.14 午後 3:15，珠江客運往珠海 211 座。）

再寫板陶窯

這一個板陶窯，把泥土煅燒成器
與賞陶的人一樣我不明白背後的道理
而我又蔑視某些潛規則，不屑於倫理之排序
經不起煅燒，故不能成為陶瓷

我願意停留在胚的階段
無色彩與書寫，僅是原來的形狀
這種手捏而成的為用為存活
並裸示於妳為洪荒，身上所有即為相愛

（2019.11.15 子時，中山市南朗鎮維也納酒店 708 房。）

一九四五年的垂楊路

於苗栗合鄉美術館觀賞陳澄波畫作

這些楊柳樹一九四五年經已栽種在這裡嗎
那是一個至為重要的年份，櫻花凋落，失去象徵

望文生義，字覺而活
連二千五百年前的楊柳依依都依舊如此

尺幅寸陰於一條歷史長河裡極其微不足道
卻讓一截街道的雨水灑落到現在

尋找一個當日在這裡撐傘走過的人
而這人並不知曉那些經霜的事物

我和我的朋友，品茗談畫誦桃城之詩
流連不返於這一方窗外的風光

藝術家總能在紛紜與渾濁裡尋找到
僅僅為一剎那的明亮

慾念存在之必要
抱殘守拙抵抗慾念擴散之必要

歿後留善名之必要
陳澄波與諸羅城與二零一九年之必要

（2019.11.23 早上 9:15，臺北城公館區修齊會館 518 房。）

蒜頭糖廠

除卻甜外，別無其餘。這個古老的味道一直未曾變改
甜只有一種，是秋陽底下懸掛在五分車月臺上的一個銅鐘
是一大片的草坪沐浴在喧鬧的鳥噪中
是一間票務室仍保留著五十年代的擺設
是一列搖擺的車卡上我們並肩而坐
任背後的風景似行雲流水

這裡也確實有行雲流水，有深秋的晴空有初冬的溪流
甜還存在於融化中的冰棒，在最後的一口高地小農咖啡
我說，記憶中的苦是實在而甜卻是虛無
而現在，我要甜是以後的所有
是迎在前面的甘蔗田。左邊是甘蔗田，右邊是同樣的
甘蔗田。我看到那筆直健碩的莖內飽含著糖

（2019.12.4 晚 6:45 分，列車深圳往廣州 2 車 2A 座。）

嘉義六腳鄉蔗埕文化園區的蒜頭糖廠車站。

立在陰影之中

外傘頂州

說寂寞沙洲，說渚上的漁翁白髮
都與這個外傘頂洲無關
不感嘆個人的際遇，不參透世態的
炎涼。在這片無垠的泥土上
海峽的風從未停息，告予旅人
這裡既是天涯，也是海角

生命如立在陰影之中，我們曾以為
浮漚的逆旅會抵達有春日玫瑰秋天楓葉
的彼岸。所有美好的都是短暫的
而所有短暫的並不一定美好
只有外傘頂州悠長的孤寂才是
我一生中所遇上最美好的孤寂

你們都隨凱旋而歸吧，留下敗亡的我
等待海峽千軍萬馬般的潮浪
那些挖掘的傷口在我廣闊柔軟中
又一次癒合。四周，不同色彩的旗幟下

是諸侯游戈著。我只是一具骸骨
曾經被尊為王擁有婕如今為漂木

（2019.12.25 凌晨 1 時，高雄市左營區水豐尚 5 之 2 房。）

東石漁港

西面是海峽，東面是島，北迴歸線巧妙的穿過
漂泊的人在這裡有了生命的座標

穿越平原蜿蜒而來的公路像河水流向大海
我們的舟子漂流於十二月的鯨魚座上

那隻高爾基的海燕在萬千片波濤上
極速掠過，如此驚心的一篇散文詩

抵達大海的總是極其細微的砂粒
並以沉積的力量形成浮州的隱喻

桅杆是一切歲月留下來的標記
它傾斜於風浪卻不彎腰於休漁期

走過防波堤，是舊日的秋雲，是當下的北風
是一個收穫的漁港與歇息在薄暮時分

一段海鹽與花蜜的迴游。面朝海峽
想起海子，想起春暖花開

（2019.12.30 晚 11:30，香港婕樓。）

高雄十二首

高雄市打狗故事鐵路館。

日落西子灣

前面是西子灣的落日，它正以色彩來計算時間的消逝
黑暗來臨前，我看到很多美好的事物在掙扎著
漂亮的青春，詳和的晚景，與乎那一無所有的無知

忘記了身後的所有山巒，忘記了曾經耀眼的燈塔光
也忘了那座領使館內收藏著的偏頗的書寫
你們懂嗎？當宇宙一轉身，我的悲愴瞬間即成了永恒

（2016.9.22 凌晨 1 時，臺東樂活小築 101 房。）

高雄西子灣日落。

那些在打狗鐵路故事館上的風箏

它們有歡快的表情，它們自由地翱翔
鳥瞰著那幅南方的綠草坪，背著藍天
我抬頭看著那些簡單的飛行

我感到很舒坦，內心很平和
彷彿一株樹忘卻了陰影和逝去的風暴
我在生長，並將在秋天落葉與萎縮

直至南方有更蒼老的海岸，古文字成熟為書寫
我或成蔭，或有人在我的身軀上掛著
一個金屬牌子，刻上了兩個字，秀實

（2016.9.22 早 10:15，臺東樂活小築餐廳。）

小港機場遠眺高雄市區

桌上是一幅玻璃屏，外邊寬廣的地坪上有歇止著的旅途
孤單的我回去了。這座南方的城朝著一灣海水
在喧囂的潮汐和靜默的日落中，我也有話語也想沉寂
而然在等待中我才發覺，生命其實是一場遠方的大雪
南方的城和南方的你是陌生的，因為所有的無非都
歸於我永恆的詩篇。（我堅持在這加上句號）

詩歌也是一座城堡，也有那些讓人流連的巷弄
詩歌較之一座城更宜居，因為那裡有永遠不蒼老的
故事。城內焚燒著那些虛假的燈火，而我的詩卻
下著永恆的大雪。我在生火，給一頭虛擬的獸取暖
它簡單，在睡眠在作業。有時它走失了
在修補那欄柵時才發覺這個城，也如此溫馴可棲

（2016.9.28 午後 3:30，珠江客運赴珠海途中。）

民權路上的臺灣欒樹

它們講究序列，只靜靜地佇立在馬路旁的綠化帶
優雅的姿勢和細瑣的葉子說明了詩禮傳家與
這個城市的淵源。軀幹彎曲如舞者
那市廛的歌聲伴隨了無盡的日以繼夜

無人不道，從西子灣落日回到這裡
步道上灰暗的方磚整齊排列為生活的規矩
一種公共空間藝術卻具有自然的任性與
隨心。所欲的，僅是那些樹下走過的
孤影與成雙。人間世的一場煙火

它們或在呼喚一場秋雨，而昨宵的雨已然灑下
沾濕為痕迹的便是抹不去的憶記
叫欒樹的，是這土地最強大的堅持
它們擁有的美色與名字，在流風穿過時
柔軟如愛，並只懂得鄉土的話語

（2016.12.30 午后 12:45，高雄飛香港航班 45D 座。）

說文解字：高雄

01 [愛河]

說愛河源於八卦寮或說沐浴愛河
都不及說愛的動人，說愛又不及沉默地吻著
為了不從流俗可以說打狗川
而愛為了其真可以在暗夜中
添加燈火之熱和海風的鹹

02 [國賓大飯店]

房間 1639 號的窗景是一幅流動的愛
河。更遠是一個熱鬧的港口
港口外是看不見卻知道的海峽
這幅景物畫有明顯的布局
愛近而詩歌渺遠，中間有忙碌的
人間世——桌上的鈔票與鑰匙

03 [紅毛港]

暴風雨中來到紅毛港
馬路的積水讓我感到時代的飄搖
在動蕩中說愛，那愛在夜間
便有了牡蠣之香與燈塔之光
紅毛的野蠻，港的現代
愛乃演繹得更恰當

04 [極焱無二]

焱以三火等同於焰，而燃燒更為猛烈
確實別無其餘可以相捋
玻璃墻由天花落下步道把一場大雨
毫不保留地展現在我們面前
午餐說詩，說火炙尤蝦，說有荷
詩是一種燃燒的狀態無可替代
詩也極焱無二

05 [哈瑪星]

哈瑪星是日語海岸綫的音譯
而我寧願它是一顆漂流於太空的星體
穿過這個鐵道文化園區時
天空開始黯落，奇異的光出現

06 [偷看趙靈兒洗澡]

在棧貳庫掌門酒吧內
無人知道我曾經希望偷看趙靈兒
洗澡。並且是冷水浴讓我可以
深刻感受到那涼快與乎酒精般的興奮
而後來想到類似於 X 教授般的
學養，我乃說微醺即止

07 [旗津]

最後一趟七分鐘的船程我來到了旗津
津是一個渡頭，也即現代語碼頭

前者是詩而後者為文。我想起詩句
渡頭餘落日。暴風天中當然落日消失了
我仍然來到了這個旗津
不為落日，為海鮮火鍋上的
也叫炊煙

08 [夢時代]

夢時代是一個大型的購物中心屋頂上設有
摩天輪。在底層商場內我遇見一頭
趴地熊。夢就是如此忽天忽地的
沒有邏輯。而令人驚訝的是
這個時代也沒有邏輯
只能購一個拉杆行李箱，帶著愛走

09 [駁二]

不明白駁二的意思，或從 the pier 2 而來
這個藝術區確然無比的藝術
綠草坪上的軌迹，巨獸與將軍對峙

三頭流浪狗永遠蹓躂在灰牆之上
小孩臉朝外，把尿撒在路中央
走道上垂下了孤寂的秋千在搖蕩
一整座小學的木椅子，寂靜地等候日出
在無關實驗書店內發現一座完好的墓碑與
讀著墓誌銘的寒鴉。惟有微熱的山丘中
讓人有了點滴的口腹之慾

（2019.7.22 凌晨 2:30，臺北城公館修齊會館 537 房。）

暴雨中驅車往紅毛港

擦身而過的颱風帶來了傍晚的暴雨
擊打在夢時代上空的摩天巨輪，遠看像一場
城市的愛在飄搖中停止了緩緩的轉動
我仍前行，中林路上有盈尺的水窪外港
有轟然響起的天雷流竄

紅毛港是一個目標我必抵達，那裡有
一艘為我私奔而來的帆船
歷史上記載，貨殖交換以物易物
諸如此種年代仍舊存在，我趁風而來
是為了簽定條約締結良緣

兩方晚餐在兩個急風驟雨間的短暫中
華麗燭光是閃爍於港口的孤單燈塔
啖與吻都是慾望，後者為永不填滿的溪壑
船上滿載了妳餽贈的禮物，有金箱子
有甜果與可可豆，也有按時相會的航期表

（2019.7.24 凌晨 3 時，臺北城公館修齊會館 537 房。）

高雄紅毛港外望。

駁二

這是一個奇怪的名字，我喜歡它浮於面的意思
那是兩根漂木於流動的河川中
接駁為二

縱橫的河道上，現時的景觀大有不同
不談過往，甚至於僅僅失落在轉角處的
微熱山丘

河床有鐵道的軌跡，有翠綠如茵
而想像不到的是仍舊會有列車如一尾巨大的
電鰻游過

沉於水裡的那些建築物上有不同的壁畫
不管它們屬於哪個年代
戰爭與和平的愛是不同的，我喜歡所有的篡改

漂木總是在轉角處變改了方向
在相互碰撞後便依靠著
如一雙筷箸般又有了慾望，那是我們的駁二

（2019.8.5 夜 9:30，赴澳門噴射船 24A 座。）

地上權

不像一株欒樹，枝丫可以任意伸展
可以用葉子擋住冬雨，或長成彎曲如
纖纖之臂，承托著黃昏後升起的秋月
寂寞無人時，偷偷鈎掛著幾片夜空中的浮雲
民權路上的樹木有它牢固的土地權
以可見的根突，與不可見的根鬚

我並不擁有土地權，只能一直在流浪
相較於律法的規定，我將擁有更悠久的地上權
可以以詩書寫，與貓談話，午後和一個偌大的城市
沉默相對。驟然而至的一場大雨中
我無家可歸，在咖啡館內，在屋簷下，在客寓中
常念想起我那錯誤決定後的灰白如霧般的歲月

（2019.8.16 晚 9:50，高雄往臺北高鐵第 6 卡 9A 座。）

蓮池潭

八月中我到了左營蓮池潭，潭內的蓮花幾乎都凋謝了
那些蓮葉蛻變為黑褐色，捲曲著布滿皺紋的身體
有些枝幹折斷了倒插在黃昏時安靜的潭水上

我感到惑然不解，眼下並非一個蓮池而為
一篇古文字的簡牘。此時身旁宜有一個
弟子追隨，女，知書識禮，笑意盈盈

空餘的幾朵蓮是古詩，詠嘆愛情與功名的兩不誤
而滿塘枯葉是詰屈聱牙的書寫。箋注這晦澀的
是倒影在破碎的湖面的高雄的天空

注曰：殘為美之一而為生命的本質，蓮同於荷
並拒絕科學的剖析。箋曰：科學是專門的知識卻
刈割著自然的美。直覺之愛為至真的存在於文字以外

（2019.8.23 晚 11:45，香港婕樓。）

高雄市蓮池潭上倒影的龍虎雙塔。

水豐尚

世界在漂流而這個盒子因為愛的牽引將繫於港都之上
如敗走的將軍，自一彎澳而奔逃至此
下馬，飲水。馬拴於糟旁，我稍作歇息
一片沃土在烏松之西鼓山之東
有豐盛之水草，具時尚之設置
穿南走北的捷運往來其間，取名為水豐尚

編號 5F2，隱藏於眾多的百姓家之中
無配槍的警衛，無追隨的侍從
僅餘一個妃子偷偷予我以手繪的地圖，說
「南面有機場，北面有高速列車貫穿平原
我是你的腹地供你無限的歲月與愛」
這生聚教訓的地方，門上張貼了大寫的春

（2019.10.17 凌晨 1:30，嘉義市旅館。）

高雄河流

01 [高屏溪]

未曾到過高屏溪，卻很想
寫高屏溪的詩。每一首詩未寫前
都是一條陌生的河流
你不知它將流向何方

我開始書寫，在一個很深的夜裡
彷彿高屏溪的水流聲就在窗外
彷彿這密密麻麻的燈火中
有一盞讓我思念

然而一切都是知時節的春雨
落在陌生的街巷裡
冒雨來訪的那些叩門聲
均在構想之中

高屏溪的兩岸必然很美
有一些溫暖的房子，有一些
雜亂而清新的綠化地在滋長
像此刻我的愁緒

02 [愛河]

我的愛十分低調，如愛河蜿蜒的
穿過左營。最美的風光不在下游
那裡會有一尾碩大的藍鯨躍出水面
浪濤太洶湧，剎那便歸於無痕

穿越密集的樓房時伴著它是個好聽的
名字：河堤路。兩岸有垂楊的依依
欒樹的、相思的、紫薇的光陰
天空在倒影，細水在長流

不必探究上游的源頭
只知道如今有一個房子
擱淺在這岸邊。晚上它的光
徹夜點燃，讓流動的河水可以被看見

高雄市愛河璀璨夜色。

03 [高屏溪在臺灣高雄縣境內的十一條支流]

高屏溪由南投縣八通關向南南西流入高雄縣
又南流若干公里，東納濁水溪
又西南流若干公里，東南納隘寮溪
又南流至旗山區，稱旗山溪
又西南流至旗山區與美濃區，稱美濃溪
又西南流至旗山區、內門區與杉林區，稱口隘溪
又西南流至杉林區，上段稱內寮溪
再西南流至杉林區，下段稱枋寮溪
又西南流至杉林區，稱荖濃溪
又西南流至桃源區與茂林區，稱濁口溪
又西南流至茂林區，稱溫泉溪
又西南流至六龜區與桃源區，稱寶來溪
又南流至桃源區，上段稱拉克斯溪
再南流至桃源區，下段稱拉庫音溪
一意向西南的流水，流至東汕
完成了在高雄縣境內二百五十一公里的流淌
向南流入了臺灣海峽

（2021.3.6-8，香港婕樓。）

澄清湖

這裡白天看到莫奈的睡蓮晚上有
梵谷的星夜。不是阿爾的路旁咖啡館
不是英國十九世紀的 THE LAKE POETS 如華茲華斯
不是民國湖畔詩人的杭州西子湖
而我，更非拜倫筆下的湖畔人

午間一時我來到高雄澄清湖畔的咖啡館
猝不防墮入一個良辰美景之中
非湖畔詩人，自不必謬讚眼下的湖光山色
我是婕詩派的創立者，懷抱中有可指點的江山
也有不可多得的妃子。她蜷曲身軀匿藏於我的詩中

（2020.1.18 午後 3 時 10 分，高鐵高雄往臺北 7 卡 11E 座。）

[後記]

牛角的對應物

談「地誌詩」的寫作

/秀實

最近讀到一篇「很厲害」的文學評論。那是法國傳記作家米歇爾·萊里斯（**Michel Leris, 1901-1990**）寫的〈論作為鬥牛術的文學〉。此文為 1939 年他的自傳作品《遊戲規則》的序文。我說它厲害，是基於兩個原因。我理想的文學評論是應該這樣的，在嚴肅的辯證中帶有濃郁生活況味的述說。萊里斯在詮釋了一個被炮彈催毀的城市與詩人內在的苦痛後，接著作出如此的書寫：「儘管多雨時節，明亮而美好的陽光仍不時照在幸存的房屋和廢墟上……作為觀者的我，在雨淋不到的地方觀看，並聲稱擁有免於羞恥欣賞此半毀風景的權利，把它當作一幅不錯的畫。」（**潘赫譯**）其次，內容論述的有關文學的作用時，所提出的論述極其驚嚇剴切：「我並不自甘於我只做文學家，由於時刻面對危險，鬥牛士有可能自我超越，並在遭遇最嚴重威脅時，使出渾身解數：這正是我最迷戀，並想成為的。」

且看還要厲害的（太長我作出刪節，但不影響原意）：

> 如果寫作領域內發生的事，只停留在美學的，它們不是毫
> 無價值？如果在寫作中不存在鬥牛中鋒利牛角的對應物，
> 那麼寫作就只能是芭蕾舞鞋的空洞華麗（只有牛角 —— 因
> 其所暗藏的真實威脅 —— 才賦予鬥牛術以人性的真實）

地誌詩的寫作，當然也應該找到那「牛角的對應物」。這也是我一貫主張的詩在風物之外，也即是詩始於風物，而終於其餘。因為這才是文學的價值所在。否則一堆文字不如一幅「風景照」。臺灣學者龔鵬程在〈點石成金的圖像修辭學〉中說：「與圖象訊息相比，語言訊息具有錨定功能（ancrage）。因為所有圖象都是多義的。在圖象的能指後面，隱含著一條所指浮動鏈，讀者可以從中選擇某些所指而忽略其他。」眼前的景物便即是一幅「圖象」，詩人如何在這無限的時間與空間的「所指」裡找到那「牛角的對應物」，便即地誌詩作為文學的存在理由。我以此準則重讀詩集裡的所有作品，有牛角的對應物約佔八成，而這個對應物往往是：神祕莫測的生命或無法言詮的愛。而兩者都是殘忍的存在。

法國評論家羅蘭・巴特（Roland Barthes）在《圖象修辭學》中說：「（修辭）為一項技術，一門隱含在詞之古

意中的藝術，專門的說服藝術。」（轉引自龔鵬程文章）乃知詩歌修辭的最高點為：足以說服藝術，而非耿介於達意。我國北魏晚期有一本地理書《水經注》，凡四十卷。作者是酈道元。此書記載了約一千多條河流及有關的歷史遺跡、人物掌故、神話傳說等，本應是一本枯燥的地理書，卻因其文辭優美，成就了一本偉大的文學著作。《魏書》如此評論其人其書：「道元好學，歷覽奇書」「詞組隻字，妙絕古今」。如卷三十記載淮水，首段約 500 字便引文達 11 處之多。而當中有的片段，就如同一篇散文詩：

於溪之東山有一水，發自山椒下數丈，素湍直注，頹波委壑，可數百丈，望之若霏幅練矣，下注九渡水。九渡水又北流注於淮。

古人之不余欺也。可知地誌詩所重者，一為尋出牛角之「對應物」，一為具有說服藝術之「修辭」。前者非眼下所見之山水，後者非僅止於語文上求準之技法。

詩集名《步出夏門行》，是借用我國東漢建安時期（公元 196-220）——一個文學輝煌時期——的詩人曹孟德的詩作。孟德這首詩是組詩，包含〈艷〉〈觀滄海〉〈冬十月〉〈土不同〉〈龜雖壽〉五首。「夏門」是當時洛陽城北面西邊的城門。五首詩末的「幸其至哉，歌以詠志」是

譜樂時所加上的，並非詩的原意。從一個宏觀的角度看，
都可以歸屬於「地誌詩」。其中〈觀滄海〉的「東臨碣石，
以觀滄海」。八個字包含了高山大海，寫出了大氣派來。
這些詩都別具懷抱。當年孟德的夏門，現在換作航空港與
高鐵站。時代不同，江山有異，然詩人的情懷始終未變。
借用前人名篇作書名，這是繼詩集《荷塘月色》後的第二
本。傳統給予我們當代的繼承者，實在太多。

　　本詩集於某年申請「周夢蝶詩歌獎」時，曾取名為《嘉
義分行》。此名既是銀行支行之「喻」（見〈歲時記〉），
也可是白話分行詩之「賦」。然無論何名，詩集的作品，
均以南臺灣的嘉義與高雄「雙城」為書寫客體。成就了一
本完完全全的「地誌詩集」。詩集不同於旅遊工具書或地
理科普書，文字發出去的矢，有可能抵達閱讀者的「幽暗
之地」，有時甚至喚醒了閱讀者自己所不知的「幽暗之
地」。當你心裡擁有這些詩歌的碎片，春日倘佯於阿里山
之林木，秋季徘徊於西子灣之海堤。那時你眼下的景色，
因為滲有一種微妙的「詩分子」。它結合了你自身的經歷。
綠色已成專屬於你的綠，晚霞專為你而剎那璀璨。風物，
都有了別樣滋味！

（2021.4.12 晚 10 時香港婕樓。）

鴨仔文學叢書 01

步出夏門行

作　　　者：秀　實
責 任 編 輯：黎漢傑
法 律 顧 問：陳煦堂 律師

出　　　版：初文出版社有限公司
　　　　　　電郵：manuscriptpublish@gmail.com

印　　　刷：柯式印刷有限公司
　　　　　　香港北角屈臣道 4-6 號海景大廈 B 座 605 室
　　　　　　電話 (852) 2565-7887　　傳真 (852) 2565-7838

發　　　行：香港聯合書刊物流有限公司
　　　　　　香港新界荃灣德士古道 220-248 號
　　　　　　荃灣工業中心 16 樓
　　　　　　電話 (852) 2150-2100　　傳真 (852) 2407-3062

臺灣總經銷：貿騰發賣股份有限公司
地　　　址：新北市中和區中正路 880 號 14 樓
　　　　　　電話：886-2-82275988　　傳真：886-2-82275989
　　　　　　網址：www.namode.com

新加坡總經銷：新文潮出版社私人有限公司
地　　　址：71 Geylang Lorong 23, WPS618 (Level 6), Singapore 388386
　　　　　　電話：(+65)8896 1946　　電郵：contact@trendlitstore.com
　　　　　　網店：https://trendlitstore.com

版　　　次：2021 年 11 月初版
國 際 書 號：978-988-75758-1-8
定　　　價：港幣 98 元 新臺幣 300 元

Published and printed in Hong Kong

香港印刷及出版